何よりも大人の歌の魅力あり三百首詠の「ハバナの夕日」

五味保義に錬へられたる若き日の芯のある歌アララギの歌

中小企業を置き去りにせる今の世に工場保たむひたすらな歌

吾が父もセルロイド工場の経営者金型削り日
夜励みき

山行くを至福となせる君が歌キナバル登頂の
歌忘れがたしも

君の御子らハバナにロンドンに生活すグロー
バルなりその生き方は

香りよき独活のかき揚げに古之阿布良《コシアブラ》の澄まし汁春の賜物日本の山の

この歌集を読んで行くうちに、大窪和子氏の曾祖父が南部一政であることを知った。南部は長州萩の蘭方医であり、当時の蘭学のメッカである下総佐倉藩の順天堂（のちの順天堂大学の前身）で、蘭学と医学を学んだ。木戸孝允晩年の侍医としても知られる。ところで、高校教師としての私の初任校は県立佐倉高校であり、順天堂にも程近く、そこの教師や生徒たちの中にも、佐倉藩や順天堂に関わりを持つ人々がいた。

この高校には、旧藩主の堀田家から移託された蘭学資料が沢山あり、貴重な『ハルマ和解』（オランダ語を和訳した辞書）も含まれていた。月に何度かあった宿直の夜は退屈しのぎに部厚い「校史」を読んだものだが、その半分は「佐倉藩蘭学史」であり、順天堂のことも詳しく記されていた。多分そこには南部一政のことも記載されていたのではあるまいか。人の縁《えにし》の不可思議を思いつつ、蛇足を書き連ねた次第である。（平成二十六年六月八日）

目次

二〇〇三年

二〇〇四年

二〇一一年

ハバナの夕日

Ⅰ　ハバナの夕日

二〇〇二年

火炎

ベトナムより携帯電話かかりきて仕事は入り
しかと問ふ夫《つま》の声

失業率五パーセントの世の中に二十人の雇用
やうやく支ふ

高層ビルにテロ機突つ込み上がる火炎ビル噴
く赤き血のごとく見ゆ

ＩＴ不況株価下落同時多発テロいかになりゆ
くやわが小企業

発展とも進歩とも思ひ来し歳月のかの九月崩れしか人類の上に

高齢者の継続雇用にいくらかの助成金あれば申請したり

ウイルス・ニムダ

ニムダといふウイルス侵入せりと伝ふここにも無差別コンピューターテロか

「リード・ミー」とさりげなく誘ひウイルス・ニムダわがパソコンに潜みて居たり

ウイルスの居場所突き止めスクロールして捨てつ謂はれなき一つの悪意

ゴルゴンゾーラ黒パンにのせてビール飲めば
レ・ボオの小さきホテルの匂ひ

ビア・レストランに今宵も出会ひしその人の
寂しき噂伝へ聞きたり

海より薔薇が匂ひてくるといふガルシア・マ
ルケスの短編を読む

林檎の菓子

アパート出でて二人暮すといふわが娘《こ》されど
結婚にあらずともいふ

母国イギリスの国旗の由来を絵に描きて語る
青年敬語正しく

キッチンに立ちて林檎の菓子を焼くポール心
根のやさしき人か

ニコライ堂

針の木雪渓仰ぎて登る沢の路白きサビタの花
多く咲く

登り来し砂礫の尾根にコマクサの花咲き群れてわれを誘ふ

手を引きて通ひしアララギの面会日ニコライ堂のこと子は憶えをり

水戻りゆく

大室山に草焼く火とぞ天城山の彼方にしろく
煙立つ見ゆ

をちこちに柑橘実る山里の雪ふる午後を歩み
来にけり

托鉢の僧ら若くて読経する声のびやかに列なしてゆく

潮満ちていま遡り流れくる呑川《のみがは》は秋の落葉浮かべて

遡り流るる川面にさざなみ立ち今し海へと水戻りゆく

ニルギリは旅に見しかな嶺越ゆるアネハヅル
の群れをテレビは映す

聖書といふ不思議の書物二十年集ひ読み来し
こともはかなし

夕近き川

利尻富士の麓辿ればマイヅルソウの本土より
大き花の群落

エゾカンゾウハクサンチドリアツモリソウ花
の島礼文はまた風の島

金色に光るオブジェを載せるビルに七月真昼
ビール飲み居る

隅田川を下る水上バスのうへ川風涼し語り合ひつつ

また少し変はるわれらと思ひをり夕近き川の風に吹かれて

薔薇つくる娘

大いなる波に漂ふごとく聴く男性合唱八十人の歌曲
（グリークラブ）

接続不能となりしパソコンを持て余すあかあか点る夜の事務所に

倒産して行方わからぬと噂ありし人訪ね来て言葉なくをり

白き一《ひと》花開き初めしと喜びいふマンション五
階に薔薇つくる娘は

湿り持つ末枯れし草を踏みゆけば山靴にかす
かな弾み伝はる

機体の下に流るるごとくアルプス見ゆ雪剝れ
黒き槍を真中に

花の鉢

苺ジャム煮終へし厨にいつまでも甘き香りの
漂ひゐたり

夜遅く食器を洗ふ窓越しに庭歩み居る犬の気
配す

朝毎に注射を打ちて保ち居る犬の生命といへ
どかなしく

うつむきて木陰歩めば凌霄花《のうぜんかづら》の落花みだれて
絵具のごとし

手を振りしときの笑顔にしばらくを包まれて
をり別れ来たりて

心にかかるひとつ過ぎゆき夜の庭に白き牡丹の揺るる見て居つ

風の庭によろめきて立つわが犬よ十六年の命危ふく

ゴルフ・コンペに貰ひしといふ花の鉢立ち寄り置きて子の戻りゆく

円居

庭なかに炉をしつらへて炭を焚き食べもの炙り子らのさざめく

平穏に過ぐる子かなしみを秘めたる子われの及ばぬ世界にありて

四人の子の二人まで若く逝かしめし母を思ひ
ぬわが子らの傍《へ》に

バーベキューの円居果てたる夜半にして六月
の寒き雨ふり出でぬ

霧とぶ尾根

頂きを雲に閉ざせる山に入るあの雲のなかは
雨と知りつつ

声掛け合ひて霧とぶ尾根を遅々と歩む鳥海山
頂もう近からむ

九つの雪渓越えて登り来ぬ風に揺れ咲く花の傾《なだ》りを

雨の一号線

大型トラックを借りに行かしむ民事再生法の裁定待ち居る君の会社に

笑顔もてただ居ることが勤めかと子に託したる事務所に思ふ

ワイパーを最速にしても見通せぬ激しき雨の一号線を走る

ありがたうといひて臥所に立ちてゆくひと日終りの夫の慣はし

わがもとに入り来し夫のしばらくを眠りをり
しが戻りゆきたり

かみさんが歌詠むは疎ましからむ許せよと五
味先生いひましき嫁ぐ日夫に

二〇〇三年

長きまつげ

まつげ長き幼おもかげ残すまま柩に眠る少年に会ふ

病名のわからぬままに一年を苦しみし十六歳
の生命かなしむ

追悼の手紙読まれぬ形見となりしネックレス
持つといふ少女子の

宗教なき葬送にして少年の好みしといふポッ
プス低くまた高く

吊るし雛

疾き風に傘閉ざしゆく朝市の立つとふ浜に波しぶくとき

魚野菜並ぶる漁港の朝市に嫗居て片隅に吊るし雛売る

旅の湯を共に浴みつつ伸びやかに逞しき娘の
四肢をよろこぶ

渋滞する車の列の中に居てふと静かなるとき
と思ひぬ

竪笛を吹きつつ帰る子供らの過ぐるを待ちて
車を止めぬ

互《かた》みに涙見するまで言ひ合へりさびしきもの
か母子といふは

新着メッセージなしといふ表示確かめてパソ
コン閉ざし眠らむとする
奢れるもの

奢れるものの滅びを伝へ四千年の時を越えたるイザヤ書を読む

国連の査察といへど見え隠る大国の論理カウボーイの正義

己が国の核兵器を公開したるのち他国の武器は問はまほしけれ

本日の入金は如何にと問ひてくる銀行担当者
慇懃無礼に

些かなりとも黒字出せよと繰り返す赤字決算
の銀行職員が

担保価値下落したれば決算書の僅かな黒字に
拘る銀行

追突され固定されたる首を立て事故処理の調書とられ居る夫

招待所

攫ひ来し人ら留め置く施設をば招待所といふしらじらとして

戦争の世紀といはれし二十世紀繰り返すのか
この世紀もまた

資源持たぬこの島国を守りくれよ多少の嘘や
駆け引きありとも

北朝鮮のミサイル東京に向くと聞けば大国に
逆らへぬことも諾ふ

今日からは家族とならむ犬の子を抱き上ぐれば鼓動伝はる

山靴の土を落とせば匂ひたつその土の香は山を恋はしむ

馬上杯

ダンス・タイムにチャチャチャチャ一曲踊りたり
言葉を交はすことなき人と

心放ちワルツ踊りて流れゆくドラマのやうな
ときをたのしむ

葡萄紋様の馬上杯求めしはいつならむ九谷の
古き窯を訪ねて
西域に旅立たむ馬上に酌みし杯いまに造らる
九谷の郷に

テレビの中に

戦争を知らぬベトナムの研修生今朝は茶色に
髪染めて来ぬ

設備疲労を隠し居し原子力発電所その修復の
仕事入りきぬ

バブル期にも量産せざりしわが会社少量多種加工に今を生き延ぶ

バスの車体の受注減りしと北陸へ移転し行きぬ向ひの工場は

十年にも及ぶ不況を繰り返し人は論議すテレビの中に

パートナー

パートナーですと引き合はせをり共に暮す青
年を娘《こ》は躊躇ふことなく

結婚といふ制度もいつか崩るるか娘の選びた
る暮しを思ふ

のびのびと笑顔に話す汝《なれ》と居てふと忘るイギリスの青年なるを

出でてゆきし娘の部屋を譲り受く残ししままの机と共に

わがものとなりし机に置きてあり娘の使ひたる定規小鋏

迷ひつつ掛けし電話に潔き答へ返り来る若々しき声に

『白き瓶』

夫とゆく旅の暇に携へし『白き瓶』こころに沁みて読みつぐ

とき長く木陰に読めば日は移り小さき頁に木
もれび動く

手に受けしポプラの絮にくるまれて種子こま
ごまと五つ六つあり

草の花咲ける牧場に脚ほそきサラブレッドの
仔馬が遊ぶ

幾たびか馬場に栄光を得し馬らひそやかに食む霧の牧場に
　風の清しく
暇あれば眠り貪る子の暮し案ずれどはやわれにすべなし

心病む病まぬは紙一重のことといひ出づる子
の目を見つめたり

かかる不況を乗り越え来しは子の力と今夜《こよひ》し
みじみ言《こと》にいふ夫

アトピーに苦しむ汝かわがうちの悪しき遺伝
子を受けしばかりに

山一面に花咲きて花の薫るなしただ吹き渡る
風の清しく

ラテン・オルケスタ

あかあかと南の窓を移りゆく星よ見よ戦ひ止
まぬこの星を（火星接近）

二千年前のかの夜顕れしは何星ならむ荒野の空に

宗教はつひに人類を救ふなしと思ひつつ今日も聖書を開く

離散の民のシオニズム成れば新たなる漂泊《さすらひ》人らに起る悲しみ

二年目の九・一一の近づけば張りつめ居む娘の行きしニューヨークは今

ラテン・オルケスタ伴ひ汝の携はるニューヨーク公演ことなくあれよ

エノラ・ゲイ

今何ゆゑのエノラ・ゲイ展示かブッシュ率ゐるアメリカといふ国われは理解せず

大量破壊兵器持つとイラクを責むる国が原爆投下機を誇示する現実

ならずものは許さずといふその姿西部劇映画のヒーローに似る

人ら黙して

事故ありて停車と告ぐる電車の中に疲れ待ちをり人ら黙して

降り立ちしホームの裾に置かれあり担架は白き布かけられて

遠巻きの人ら散りゆく夜の駅の逝きしいのち
に差す月の光《かげ》

心やうやく平らかにわが保つとき窓に弾けぬ
冬の花火は

若き日の「山で唄う歌」ゆくりなく共に歌ひ
てこころほぐれつ

二〇〇四年

キナバル登山

飛行機の降りゆく窓に今し見つ大きキナバル
の黒き岩峰

ジャングルの木下にひそみ餌を待てるウツボ
カズラの微かなひかり

枯葉の色に紛れて濡れてゐるごとし食虫植物
ウツボカズラは

明日は宿らむラバンラタ・ロッジ光り見ゆキ
ナバル山頂直下の岩場に

スコールの雲は眼下に凝りつつ日に映えて咲く紅き石楠花

各々の言語に語りあふ人ら静かに集ふロッジのテラスに

手にとれば弾けて小さき種子を散らすキナバル鳳仙花咲く道をゆく

シャワーあり水洗トイレあるラバンラタ・ロッジ三三〇〇米北岳より高く

ヘッドランプ点して登る午前四時森林限界をやうやく越えぬ

東《ひんがし》の闇に兆せるくれなゐにシルエット浮くドンキーイヤーズ

密林の高みに咲ける石楠花のオレンジいろに
雨気流れゆく

山頂近き避難小屋なるサヤサヤ・ロッジやさ
しきサヤサヤの花咲くなかに

小さく白き花あまたつけてサヤサヤは空気少
なき岩場に根づく

かくばかり数多の星に紛れたる地球と思ふキナバル山稜に

歩み止め息をととのへまた登る四〇九五米ローズピークはそこに

山頂の危ふき岩場を下り終へ写真撮りあふわれら集ひて

木苺に似るあかき実をてのひらに迎へくれたり下りゆくわれを

先をゆくガイドは歌ふ密林によき声響かせマレーの歌を

赤き蠟燭

山を下ればハッピーニューイヤーと声かかる
旧正月の笑顔あかるく

春節祝ふ赤き蠟燭置かれありコタキナバルの
ホテルのロビーに

マヌカン島の磯よりつづく珊瑚礁シュノーケ
ルつけて泳ぎ入りゆく

珊瑚礁をひらめき泳ぐ魚らの中にわれをまっすぐ見つむるひとつ

南シナ海は白く曇りて水温しライフジャケットにしばし漂ふ

野の百合は

行かざりし反戦の集ひを思ふなり誘ひくれたる一人のことも

人間といふ生きものは何オウムの教祖判決を聞き笑ふと伝ふ

公園に穴掘り埋められてゆく幾万の鶏に心をののく

終《つひ》の救ひ人にはあらざらむ幾百万の鶏を埋め
て己を守る

愛鷹山の彼方に裾引く白き富士パラグライダ
ー一つ浮びて

憎しみは宗教に増幅されてゆく現実に聖書い
かに読まむか

野の百合はソロモンの栄華にも優れると幼き
こころに沁みたる詞《ことば》

『春の記憶』手にして思はず開きたり平成九
年アララギ終刊の章

しみじみと飲む夜は互みにいひ出でぬ廃業の
危機を凌ぎしかの日々

二十年支へこしかな夫とわれを堅くむすびき
会社の危機は

マヤのピラミッド

マリアッチ囲みてボレロきく人ら手を打ち踊
る月のひかりに

マリアッチ広場のカフェに夜風寒し薔薇を束
ねて売る人歩く

セントロ広場に真向かふ大きカテドラル弥撒《ミサ》
告ぐる鐘は濁りて響く

復活祭の弥撒に連なり吾は見つ褐色のマリア
黒きキリスト

梢高く紫のジャカランダ咲き盛るメキシコシティーの澄める大気に

諸々と征服されしアステカ人を思ふ涙する人描く壁画に

マヤピラミッドの高みに立ちて見はるかす四方は緑の森果てしなし

生贄の魂かとも見つマヤ神殿の廃墟に群れて
飛び交ふつばめ

カリブ海の潮匂へるマヤの遺跡乏しき草に風
さやる音

セニョーラと呼ばるるひびき耳にやさし遺跡
めぐりて旅ゆく日々に

キューバへ

ひと色の電飾親しコミュニズムを守れる南国の空港に立つ

空港に出迎へくれし友イワン革命までの破《や》れしポンティアックに

スペイン時代の石の建物毀れたるままに人住
むハバナの街に

ハバナの街の古びしホールに弾けたりサルサ
のリズム踊る人々

誘はれて人らの中に踊るなり目くるめく楽キ
ューバのリズムに

タクシーに乗るにも料金を交渉してハバナの
街にわが娘たくまし

半年の留学に娘の親しみやさしきハバナの
小母さんに会ふ

灼けつくごときハバナに初めてわが見たるバ
オバブの樹を手触れて仰ぐ

ポスト・カストロなどいふは他所もの街かどに踊る人らの眼かがやく

チェ・ゲバラの顔の輪郭を掲げたる革命広場にひとを待ちをり

衛兵に見守られつつ写真撮る人けなき昼の革命広場に

水道の蛇口より砂利の出しこと何を語るか見
えざるキューバの
　　ハバナの夕日

カリブの海にいま揺らめきて日は沈む古りし
ハバナの街を染めつつ

太平洋を渡りカリブの海を越えて子らに伴はれ吾ら旅来し

イギリスのこの青年と結ばるる汝《な》が必然もわれら諾ふ

小さき諍ひ見する二人にほのぼのと顔見合はせぬわれとわが夫

ヘミングウェーの常宿なりしハバナのホテル
に宿りし幾日早く過ぎたり

ヘミングウェーのメモリアル・ルーム明るく
て見さけるハバナの街も明るし

ロビーには終日ピアノ弾く人ありふと立ちて
美しく踊れる人も

二年を共に暮ししふたり今夜《こよひ》きて結婚します
と神妙にいふ

古き映画

砂漠を走るロボット兵器の開発を誇らかにい
ふアメリカの教授は

来る十年は砂漠での戦ひと公言すああテロは
続かむ米科学者よ

ロボットに侵攻させて人間を殺むる恐ろしき
世紀となるか

白黒にじむ古き映画にアリダ・ヴァリの哀愁
の演技胸に沁むなり

レッスンを終へて地下街を急ぎゆく常なる店
に夫の待てれば

キッチンを片付け終へし午後十時パソコンに
向ひわれは寛ぐ

わが窓に置くさみどりの風知草かそけき穂出
づ七月の風に

子規記念館

子規記念館を廻りて心惹かれたり静かなる
「鉢植えの草花」の絵に

糸瓜に枯葉を配する彩色も現代的なる子規の
感覚

プロ野球始つて以来のストライキにメディア
は報ず子規の命日なるを

後方羊蹄山《しりべし》

後方羊蹄山の火口見下ろす稜線はいま花の季
登りきて立つ

吹きわたる霧の間《あはひ》にうねり見ゆニセコ連山に
起き伏す緑

木の根踏み岩攀ぢ登る路の端にツリフネソウ
の黄の色よぎる

後方羊蹄山に真向ふ小さき工房にひとときグ
ラスを削りて遊ぶ

祝のドレス

少女にして「嵐が丘」に魅せられきいま子は
嫁ぐヨークの青年に

姫リンゴやさしく実るこの庭に育ちしといふ
わが青年は

子の夫となる青年の母なれば肩抱き親しこの
イギリス婦人

嫁ぐ子の姉のスピーチ穏やかに英語にいふを
沁みて聞きゐつ

祝の宴長《た》ければフロアの開かれてふたりは踊
るサルサのリズムに

弾けたるサックスにわれも誘はれてドイツより来しきみと踊りぬ

ニド川沿ひの窓にひつそり置かれゐし手造りのジャムを土産に買ひぬ

尖塔高く並み立つエディンバラに結婚の登録をしたりわが子ら

祝のドレスに街ゆく汝を微笑みて眺め居る人
カメラ向くる人

いづくにか馬蹄の響き聞くごとしスコットラ
ンド築きし遥けき民の

ヨークシャーのこの美しき町に育ちたる少年
の日の汝を思ひぬ

ボート漕ぎゆくニド川親し緑深く湛ふる水も
くぐれる橋も

家ごとに花植ゑ花かごを吊るす街古城の丘へ
坂のぼりゆく

人間万事塞翁が馬と亡き父に諭されしをいふ
イギリス人汝の

横浜の夜景をよろこぶ新しきイギリスの家族
と杯を掲ぐる

美しき薔薇のドレスを着こなして紅き帽子の
ジルは汝が義母《はは》

オリビエ演じしハムレットに魅せられし青春
を共にいひ思はず手を握りあふ

二〇〇五年

スラブ舞曲

朱鷺いろのドレスを身体に合はせ縫ふワルツ
踊らむその時のため

わが踊るイメージを思ひ描きつつ目を閉ぢて
聴くスラブ舞曲を

右の踵浮かせて今し踊りゆかむ流れくるリズ
ムをこころに聴きて

胸のなかに小さき薔薇の咲くやうな思ひ湧き
つつ歩みてゐたり

ツナミといふ言葉が世界共通語なるをかなし
むスマトラ沖地震に

庭の薔薇の常なく冬を咲きつぎて伝へくる津
波の死者十六万人と

腰痛

白と思ひゐしものに色が見えてくる雪に埋もれて歩む山路は

突発性腰痛にたどたどと立ち居してひとりなる今日わが誕生日

左の腰に残る痛みを確かめておそれつつ踏む
ルンバのステップ
踊らむとして組みしとき冷たかりしその手を
思ふ時を隔てて

未来丘《フォーチュンヒル》

雪深きヨークシャーへ母を見舞ひにゆきたり
とその夫のこと子は告げてきぬ

未来丘《フォーチュンヒル》の姫林檎《クラブツリー》といふ地番なり道ゆく人に
若者少なく

日本からの求人多かりしをいふポール九十年代疲弊せしイギリスの大学に
望む職はイギリスになかりしと答へをり日本に来しわけを聞かれて

居酒屋のすみに置かれし箏一つ爪弾いてみるさくらさくらを

看取りし父

アルツハイマーに面変はりせし亡き父の寂しさ宿す目を忘れ得ず

惚けてしまへば寂しさはなしと世にいふを吾は信ぜず看取りし父に

自分の場所はここではないと常思ひ落着かず
寂しさうに吾を見し父

飛礫《つぶて》のごとく入りくる迷惑メールの中に今夜
は拾ふ君のメールを

その心象

口癖に「僕がわるい」といふわが子その心象
を思ひさびしむ

傷つきし過ぎゆきは措き微笑みて家族のこと
を短く問ひぬ

本箱に並み連ね置く歌集より今夜《こよひ》は黄表紙の
『黄茋《わうぎ》集』を選ぶ

『黄茋集』をわれに賜ひし人も遥かうら若く
教師なりしかの日に

夜半覚めて物いひしかと己を問ふ夫よさびし
き夢見しならむ

少し誇りて

父ふたりの遺しし掛軸季節ごとにかけ替ふる
とき心鎮まる

父母《ちちはは》の墓参の手桶に水を汲む山茱萸の黄なる
花咲く下に

四十年間雇用を創出して来しといふ夫よわれに少し誇りて

己をやうやく肯ふ夫か小企業に幾たびかの難乗り越えて来て

傍らに団扇を使ふ夫の居て風通ひくるわが臥床にも

十二月のプラハを訪はむといひ出でし夫の気
負ひをわが受け止めむ

思ひがけず空きし時間に掛けてみるケイタイ
のなかに弟の声

ポールより英語に届きしEメール電子辞書引
き返信を打つ

藍の浴衣にミワと連れ立ちゆくポール日暮れ
の庭に笑顔残して

味濃きワイン

暮るる空にひたすら旋回しつつ飛ぶ椋鳥の群
れ昨日も今日も

菊の鉢一つたまひぬ咲き頃を待ちて持ち来し
と胸に抱へて

バギーカーに小さく眠るみどりごを二十日目
ですと若き母笑む

ヨハネ・パウロ二世御用達なりしワイン廻り
めぐりてわが手に入りぬ

聖書読み合ふ友らと開けぬ法王のラベルある
渋き味濃きワイン

山の鶯

咲く花を声にいひつつ登りゆく千頭星山《せんとうぼしやま》梅雨
の晴れ間を

登りゆくわれらを怪しみリレーするごとく鳴き継ぐ山の鶯

誘はれしを少し悔いをりジャズ・ボーカル聴きつつ胸に沁むこともなく

二〇〇六年

豪雪

日の温み受けしつかのま雲は走り乾ける雪の
乱れ降りくる

底ごもり聞こゆるものか日本海の疾き風の音
おらぶ海鳴り

沖に砕け渦巻き寄する波の辺にとめどなし甦
る一つの会話

七階の窓まで届く波のしぶき筋なし流るなみ
だのやうに

冬の皺寄せゐる海よと詠まれし歌思へり日本
海に日の暮るるとき

豪雪に羽越線の止まるといふ噂出湯に聞きぬ
埋れむかわれも

二十年ぶりの豪雪は地球温暖化のもたらすも
のと聞きて畏るる

冬の雷《らい》とどろき雨のしぶく窓葬られゆく友一人あり

シャー・マスード

暗殺されしマスード司令官の夫人の手記翻訳せむといふフランスの友は

アフガン戦士シャー・マスードの写真集『獅子の大地』よその強き目よ

ビル二つ火を噴き崩るる二日前タリバンに撃たれしマスード忘れず

暗殺より四年経し今かのマスードが在らばとアフガンを憂ふる人ら

夫の草取り

仕事終へしひと日の末に夫と合はすワインの
グラス馴染める店に

孤立せむわれを危ぶみいふ人のこころをはか
る受話器の向うに

思ひ放たむこと一つあり夜の車窓に流るる街
の明り見てゐつ

浜名湖を望む山路に夫の声ケイタイに聞く山
は晴るるかと

芝生のすみに芽生えし露草二つ三つ残して終
へる夫の草取り

虚しきもの

大方のことは過ぎたりこの今をいかにといへる人と向き合ふ
また一つかなしみをこころに沈めむか迷ひつついふ人のかたへに

向き合へる思ひの底にひそやかに虚しきもの
が心を叩く

「神に依れ」と街路に呼ばはる青年あり心傷
みて傍らを過ぐ

赤き薔薇つるくさ木の実あやつりて花束とな
す指を見て居つ

夫と共にひたすら守り来し仕事にこころ逸《はぐ》るこの頃のわれ

見知らぬもの

言葉荒くものいひたるをさびしめりたまゆらわれの心乱して

言ひ放つ己に何が起こりしか見知らぬもののわがうちに棲む

合ひし目をつと逸らしたる横顔の寂しきいろを思ひて居たり

シュレッダーにかけたき一つわが部屋のかの場所にあり折々思ふ

追憶がかなしみを呼ぶことといくつ積み重ねし
かわが来し方に

「わかった」と応へて歩む暮れかけし駅まで
の道わからぬこころに

ダンスの理論

赤レンガ倉庫のフロアにしばし踊る碇泊船が
窓に見え居て

弾みつつラテンの曲を踊るときおのづから笑
みの溢れくるわれ

盲目の女性をやさしくリードしてワルツを踊
るきみを見て居る

脚でなく上体で踊れといはれしこと思ひめぐらす一人となりて

バランスを両脚の間《ま》に置くといふこの難解なるダンスの理論

森の館（ポツダム）

森深くいづへともなくつづく径歩みゆきたし
その尽くるまで

アウトバーンの右も左も深き森こずゑに一つ
風船かかる

ツェツィーリエンホーフのポツダム会談あり
し部屋に六十年の時越えて来ぬ

マロニエ咲く森の館の赤きソファ三首脳らの
席そのままに

家々の間《あはひ》に花咲く森のかげにエルベの流れ見
る今日の旅

エルベ川の岸辺の水に手を触れぬかの聖母教
会は橋の向うに

チェコとドイツの警官入り来ぬ国境のバスに
疲れてわが待ちをれば

プラハ城よりカレル橋へとつづく途に大きア
ララギの一木親しき

東西を分ちし壁の僅か残るかたへに思ふ時の
生れ合せを

リラの花咲き盛る道ベルリンの壁の跡ゆく東
に西に
かすかないのち

身ごもりしかすかないのち伝へくる汝のやさ
しき声を聞きたり

内視鏡に小さき手足認めしといふ汝よ既に母なるかなしみを持つ

わがいふを聞き居て何を思ひしか電話の向うに声なくなりぬ

「赤ちゃんがお母さんを救ってくれたのです」医師のことばを黙し聞くのみ

病理検査に異常なかりしを告ぐる君辞して歩
みぬ長き廊下を

冬の薔薇

終末は近づけり聖書読むべしとわが門に立ち
笑む女あり

道の端に冬を咲きつぐ薔薇の花風吹く中に薄く汚れて

常よりもグラスをすこし重ねしか別れしときの記憶残らず

ジャンダルム

涸沢の圏谷《カール》に音を響かしし落石が眼の前の雪渓よぎる

落石の巣と恐れらるるザイテングラートに若き生命を落しし友ありき

奥穂山頂に立つはいく年ぶりならむ間近き槍
を雲は閉ざせり

西穂へかわが立つ奥穂かジャンダルムの岩稜
を一つ人影うごく

山頂を下るに俄かに雲は動き怒れるごとき雨
走りゆく

小屋の外に置きこしザック取り込まむ雨中を
下る脚急がせて

根こそぎに倒るるもあり梓川に流れ泥める流
木あまた

夏祭りに神輿担ぎしポールの写真インターネ
ットに送られて来ぬ

大き足袋を調へくれし植木屋さんと担ぎし神
輿喜びていふ

鹿よけの網戸

茶畑の尽くれば山路に入りゆかむ鹿よけの二《ふた》
重《へ》の網戸を開けて

作物荒らすは鹿に猪ハクビシンまた猿と嘆く
丹沢の人ら

畑といふ畑は高く網に囲ひけものら隔つ寄《やどろぎ》
集落

Ⅱ　寒き坂道

二〇〇七年

サイゴン川

ベトナム語弾ける出発ロビーにて遅るるフライトを時長く待つ

メコン川の流域に土いろの集落見ゆ曇れる空
を降り行く窓より

研修生の面接は三度目なる夫に従ひて来ぬホ
ーチミン市へ

日本企業へ研修を望む青年ら八人がわれらの
前につぎつぎ

幾度かのテスト終へ面接会場に集ふ若きらの
眼差しつよし

研修生となりて二年経しタム君の母訪ね来て
もろ手差し伸ぶ

日本語二級の検定に受からざりしこと迷ひつ
つその母には告げず

サイゴン川を終日流れくだる草いづこよりくる何ゆゑにくる

天秤に担ぎて物を売る女バイクの流れを危ふくよけつつ

通貨のレート十三倍なる円の国へ出稼ぎにくるなり研修生として

三十五度を越ゆる暑さと喧騒の街を過ぎ来ぬ
サイゴン川まで

ベトナム語の抑揚に僧の読経する中に聞き留
む「般若波羅蜜多」

アオザイの裾ひるがへし乗る少女見る間にバ
イクの群に紛れつ

心ひかれ求めしアオザイに装はむサイゴン川
の夜風を思ひて

兵役の代りに奉仕の幾年かを課すべし日本の
若者たちに

横顔

線路隔てしホームに手を振る人の見ゆ気づかぬさまにわが行き過ぎつ

駅の階段降りようとして気づきたり追ひ着きてわれに並ぶ横顔

丈高き汝を見上げぬこの息子とワルツ踊らば
楽しからむか

力ある目

手術の予定時間過ぎ居り一人待つ室に開きし
本置きて立つ

手術室よりストレッチャーに運ばれ来し夫と
目が合ふ力ある目と

週に一度のマッサージに身体をほぐす夫踊りてこころ調ふるわれ

痛む膝に注射を打ちて踊るといふ齢を聞けば
人ごとならず

踊るとはひそかなること一人来て誘はるるままにひとときの踊る

今日踊りしフォックストロットうまく合ひたるを互みにいひて駅に別れぬ

ピエタ

マグダラのマリアがイエスの妻なること検証
されしとこの牧師きみ

開発進むイスラエルの地につぎつぎに古き文
書また墳墓出でたり

膝に抱かれしピエタのイエスわが息子ならば
ところ震ふたまゆら

仔猫

迷ひ入りし掌《てのひら》に載る猫の仔を膝に眠らせたど
きなくをり

公園の草生に産まれし猫の仔ら雨風の夜にはぐれしといふ

百日紅の花敷き白き花びらのごときを埋む死にたる仔猫の

折々

わが言の伝はらざりしか束の間を強きひとみに見返されたり

生きるといふただそれだけのかなしみを伝へむすべもなくわかれたり

退職を促すことば苦しみつつ告げし息子を夫は伝へ来ぬ

エノラ・ゲイの機長逝きしと小さき記事新聞
に載るを見つめて居たり

夫を看とり葬りて二十日めに逝きし友おのが
病を知ることもなく

止め処なく何を訴へたるならむ気遣ふ短きメ
ール届きぬ

憲法九条世界遺産に登録せむといひたるは誰
こころに残る

二〇〇八年

脈略なき

セルバンテス文化センターに職を得し娘よス
ペイン配信ネットの募集に

「ミワの目がきらきらして来た」といふポール立ち直る子か胸熱く聞く

差し戻されし製品の梱包を解きてゆく息子の堅き横顔を見る

帯電防止シートに包みゆく部品五百を越えぬ肩痛みつつ

夫と息子の争ふ声を伝へこし受話器を置きて
為すすべもなし

脈略なき会話さまざまの表情が浮びくる一日
終らむとして

白鳥

僅か残る店が夕べのシャッターを降ろす傍《へ》に車を留めて人を待つ

金沢よりローカル線に乗り継ぎて故里の言葉に戻りゆく夫

列車の遅れを伝ふるアナウンス聞こえ居てまた一しきり雪の降りくる

白鳥にカモにカモメにカラス交じりせめぐ水辺に餌を撒きあそぶ

シベリアより幾夜を越え来し白鳥かわが指先に触れて啄む

桜と人のゲノム

登りし山登れざりし山こもごもに語りて尽きず山岳部ＯＧ会に

登ること叶はずなりし友の書く細かき葉書回して読み合ふ

人欺かず生きたりといふ辞世の歌しばらくわれの胸に留まる

いひ難きをいはねばならぬ電話長しおのれの
声をおのれ聞きつつ

あすはあすの思ひがあらむ沈みたる心やうや
く保ちて歩む

桜と人のゲノムは四割同じとぞ滅ぼすなゆめ
不思議の地球を

母が文箱に残しし叔母のやさしき手紙沁みて
読むなり共に亡けれ ば

チェ・ゲバラの娘

チェ・ゲバラの娘アレイダさん思ひこめてそ
の父を母を語るセルバンテス・センターに

原爆ドーム訪れし衝撃を妻に書きしゲバラの
手紙いまに残るといふ

素朴なる「人間の平等」といふ思想持ち続け
たるゲバラといへり

革命成りしキューバを妻を子を置きてコンゴ
支援せしゲバラのこころ

小児科医アレイダ女史の講演終へ共に団居《まどゐ》ぬキューバのカクテルに

旅ゆきしハバナの革命広場を思ふチェ・ゲバラの肖像永久に残るや

癒えてより一年半か生き生きとミワは働くスペインの人らと

泰山木

九条をモデルに憲法制定せしといふ国ルワンダ内戦収まりて

七百兆円のうち五百兆円は政府系の債務なるとぞこの国のこと

その花にみどりご眠ると教はりしはるかな記
憶泰山木咲く

さざめける人らの中に別れたり伝へたきこと
伝へ得たれば

振り向きて笑みし面輪にさびしさのはつかに
じむを胸にたたみぬ

闇

無差別殺人つひに秋葉原に起りたり宗教なく
思想なく意味さへもなく

「誰でもよかった」といふ殺傷の起こるはな
ぜ戦ひなき国の闇底知れず

南部一政

亡き母が語りし幾つ今し思ふ萩のしづもる武家屋敷の道に

木戸孝允の日記に曾祖父南部一政の名あるを知りぬ蘭学医として

「南部一政来診、電気治療せし」と木戸孝允
の日記の一行

維新の志士と共なりし曾祖父の冒険談伝へ聞
きたり幼き心に

梅干貼りて変装せしとか人と人とをひそかに
繋ぐ維新の任務に

池のある庭をめぐらす洋館のサンルーム懐かし祖父母と睦みき

爆弾の庭に落ちしは昭和二十年一瞬に南部の家は壊えき

ワルツのごとく

憂ひもつ今宵の友と思ひをりビールのグラス
かるく合はせて

交はりはほのかにあらむ共にある日々も一曲
のワルツのごとく

ホールいつぱいにクイック・ステップ踏みて
ゆくまだ踊れると弾む心に

ダンスの練習うまく合はねば常のごと握手す
ることもなく別れたり

不思議なるその感覚を受けとめて交はり長し
ダンスの友と

まつはれる蚊の遠のきし椅子に居てひとつの
苦き会話を思ふ

ビルの間《ま》を旋回長き椋鳥か群れより二羽が
ふと離れたり

風雲《かざぐも》

激つ瀬に架れる細き橋を渡り朝《あした》入りゆく立山登山路

雄山山頂目の前にして脚を止め青ざめて友の息荒くなる

岩石の畳なはる尾根に息喘ぐ友を目守れり日陰求めて

上空を疾き風ゆくか奥大日の山巓にすずしき
風雲かかる

抜け落ちし鹿の角あり登山路を外れたるかと
危ぶみゆくに

手に重き角を山ぎはに片寄せてここ通ひけむ
牡鹿を思ふ

独りの心

歳若く自ら逝きたる友の服《の》みし一つ薬の名を覚えをり

君逝きたればわれは生きむと単純に思ひし青春のいのちかなしむ

この園に一生《ひとよ》を閉ざす女《をみな》らを伝ふるかトラピスティヌの風にたたずむ

夫に子らに思ひをかけて来し一生《ひとよ》なれどなほ持つ独りの心を

夜の底《そこひ》に籠れる響き心に聞く時の過ぎゆく音にしあらむ

手の中のグラスが夢に割れしこと甦る朝の心あやふく

事故米流通

黴に汚れて焼却さるる米映れば作りし人らの嘆き聞くごとし

青々と風渡る田に育ちけむ今し焼かるる事故米二百トンも

水清き自国の稲田を減反し薬に汚れし米を買ふ国

米一粒も疎かならずと戒められ貧しく豊かなりしかの日々

食の安全をいかに守らむとりあへず少しく食はむと夫といひ合ふ

労働規制

暮しをかこつ声きれぎれに聞こえくるカウンターに微温《ぬる》き珈琲すする

サブプライムの波襲へるか受注絶ゆわが小企業も君の会社も

給与カットか人員削減か議論苦《くる》しこの小企業は残さねばならぬ

都心よりマンションの暴落伝はれど目の前に千五百戸がなほも建ちゆく

未来に希望の見えぬ若きらかくばかり増えし
日本に何時よりなりしか

労働規制緩和せしのち生きるすべてを自己責
任とする国とは何か

国のため命捨てしは六十年前その国に捨てら
れむとする若者あまた

古書店より買ひこし本を積み重ね読み終へて
また売りにゆく夫

二〇〇九年

柘榴の葉

寂しさは保つほかなし柘榴の葉黄に極まりて
降れる朝《あした》も

愛《いつく》しみくるるヨークシャーの汝が義母《はは》に紅き
漆の小箱を選ぶ

時代劇をテレビに観つつ心和ぐその言葉しぐ
さの美しければ

ローランサンの絵一つかかるフロアーに踊る
ひとときしづかなる時

サイゴンに求めしアオザイの紅き裾翻るなり
こよひ踊れば

「思ひ出を残して歩け」と『山の詩帖』に読
みたる言葉いまも甦る
（尾崎喜八）

ヒマラヤのエーデルワイスを書斎に見き大き
く白きその花忘れず
（深田久弥）

一つのあくた

製造業を直撃したる不況の日々仕事求むる電話しきりに

この硬き金属を削るなどのつけから儲からぬ話と呟く聞こゆ

海岸《うみぎし》を一つのあくた吹かれ来て吹かれゆきたり波に沿ひつつ

白き波踊るがごとく寄せ来りわがかなしみをつかのま包む

チリのワイン旨しなどいひ呑み合ひてとりとめもなし今日の夕餉も

かのノボールに

WBC第二ステージのキューバ戦観むと朝早
きテレビの前に

三振に討ち取りマウンドを降りてくる松坂投
手の強き面差し

応援席に人見ぬキューバ戦旅ゆきしハバナの
街を思ひつつ観る

ＷＢＣ準決勝への一位通過を笑顔にいふ夫日
に幾たびも

日本の野球が世界に冠たるを声あげ告げたし
かのノボールに

すべなきもの

養子縁組を考へるといふ娘のことば諾ひ聞き
つつ心騒ぎぬ

酒に酔ひて夜ふけ立ち寄りし息子の顔見れば
幼き表情もどる

宛先を違へしメール入り来たりわが終日の屈託となる

語り合ひ納得したる後にしてすべなきものか残るさびしさ

打ちつけに湧きたる怒りいつの間にかうやむやとなる夫に対ひて

友の歌集読み居て喉の渇く夜半喉潤してなほ
も読み継ぐ

高田声明《しやうみやう》

仏《ぶつ》龕《がん》に赤き蠟燭の点りたり親鸞上人讃嘆講式
いま
（国立劇場）

張りのある音声《おんじやう》は堂に響くなり高くのぼりまた低くこもりて

雅楽の笛ほそく交はり声明のうち重なりてわれを誘《いざな》ふ

誘はれゆくはいづくか時は消えて祈りの声にこころ委ねつ

法主《ほっす》の声「南無阿弥陀仏」と高く響き僧ら随ふ「引声《いんじやう》念仏」

異次元

宇宙に捨てし塵がぶつかり落下する恐れあり
といふ地球に住み居る

この青き空の彼方に捨てられし人工衛星の墓場ありとは

異次元より来りしものか人に大地に降り注ぐといふ素粒子ニュートリノ

貧しき国

失業保険の支給期間いつ短くなりたるかひさびさに離職票を書きて驚く

かく貧しき国にいつよりなり居しか不況となりて暴かれて居る

給料を減らしても解雇は避けようといふ結論
の正しきか否か

仕事が少し動いて来たと電話にて話す息子の
声を聞き留む

新しき受注叶ひて太陽光電池プロジェクトの
仕事始まる

新規開拓目指して努めし半年の報はるるか若き力を恃みて

人を一人雇用せむとしこの幾日会ひて去りたる人らの面わ

スペインの旅 一

共に行かむスペインの旅の予定表十日間をメールに子は送り来ぬ

この不況にと躊躇ふわれらを促して旅へ誘ふ子とその夫は

鈴懸《プラタナス》の並木の翳を拾ひ歩む日差し焼けつくランブラス大通り

木々の緑くすめるバルセロナこの夏は僅か五
ミリの雨なりしとぞ

タクシーに乗ればメレンゲの曲流れコロンビ
アからの出稼ぎといふ

マドリッドの街角に小さき板を敷きフラメン
コにコイン乞ふ女あり

街角の気温表示四十一度なるマドリッドを娘に随ひてゆく

娘の働くセルバンテス文化センターを訪へりアルカラ通りの賑ひのなか

イベリア半島に興亡せしイスラムとカトリック互みに悲しみの歴史残して

イスラム教とキリスト教の混在し融合するなきメスキータ礼拝堂（コルドバ）

金銀の装飾古びし遠き世の聖書わが見つメスキータ礼拝堂に

唄に踊りにその表情にジプシーの歎き伝ふる夜のフラメンコ

脚を震はせまた踏み鳴らし踊る姿かなしみは
わが心に届く

セビーリャに踊るはダンサーの誇りといふ肌
浅黒きフラメンコの女

カルメンの働き居しとふ煙草工場も馬車に過
ぎたり街をめぐりて

スペインの旅　二

アンダルシアの荒野に一つ白き家ひそやかに
夏の花咲かせをり

日避《よ》けテント覆ふテラスに食事するアンダル
シアの旅に馴れつつ

バレンシアのゆたかなるオレンジ目の前に搾るを見つつ朝ごとに飲む

午後二時のランチの後はシエスタにて夕餉は九時に待ち合はせする

ゆきずりに小枝を手渡しつづまりはコイン乞ふ人ら大聖堂《カテドラル》の出口に　（グラナダ）

灯《ひ》に浮かぶアルハンブラ宮殿をめぐるときフラメンコの唄《カンテ》風に乗りくる

シエラネバダの裾の荒野に白き町点々と見ゆグラナダの丘より

オラと笑顔に迎へくれたり幾たびか予約のメール交ししイヴァン　（コマレス）

プロダンサーなりしといふイヴァン風通ふテラスにワイン運ぶ手軽し

マラガの灯《ひ》遠く見下ろす山のホテル夜風に踊るひとりのこころに

ひかる小石をもろ手に拾ふ地中海より寄する潮に足を濡らして

（マラガ海岸）

寒き坂道

投機マネーはやウォール街に戻るといふ十パーセントの失業者置き去りに

世界不況に何も変らずと嘯けるヘッジ・ファンド自由経済の産みし魔ものか

一つ憂ひに重なりてくる次の憂ひ携へ歩む寒き坂道

二〇一〇年

言葉なく

単価低く納期短く精度難き仕事に翻弄されし
五ヶ月

パソコンに開き当座の残高を確かめてわが仕
事始まる

汎用フライスの仕事減りゆきつひに一人の解
雇予告に印を押したり

言葉少く去りゆきしあと言葉なく居りたり解
雇といふ現実に

タイムカード押して出でゆくこの若きらを支へむ仕事のあれよと願ふ

手放すを長くためらひ居しピアノ　トラックに積まれ運ばれゆきぬ

鷗をのせて

澱みたる川面にビルの影映りぬるき風吹く鷗をのせて

どことなく風の流れてゐるやうなこの居酒屋に待てと言はれつ

倦くといふことの寂しさかく望みかくある時にいつしか慣れて

心やや隔たるままに歩み来てその隔たりを思
ふ夜の道

くつきりと勝敗の決まるスポーツを観戦して
心立ち直りゆく

長く長く迷ひ居しことといつよりか思ひ定めし
己に気づく

古きタンゴ

ラ・クンパルシータかかりて心弾み待つ「踊りましょう」と誘《いざな》へる手を

古きタンゴに踊れば浮かぶ遠き日のわが家を父のレコード・コレクションを

踊り終へ笑みを交して分れゆく人らの中にひととき交じる

こころ放ちジャイブ踊れば身のうちに単純にして溢れくるもの

小さきホールに午後を何曲踊りしか知る人とまた知らざる人と

ダンスリーダーとパートナーとの経緯《いきさつ》もさまざまにして寂しきこと聞く

愛を繋ぐ

幼子を引きうけ育てむこころ決めし二人よ受けたる愛を繋ぐと

乳児院の児のもとに繁く通ひつつ喜び憂ふる
娘を見守る

かつて夢に抱きしみどりごの甦る今わが胸に
来し幼子に

舗道《しきみち》に花のかたちに散るさくら孫としなれる
児と拾ひゆく

母を呼ぶことばを知らぬ幼子を抱きしめて母
となりゆく汝か

「ちひろの絵」

幼子の面輪「ちひろ」の絵に似ると絵はがき
集む母となりし娘は

わが腕に声たて笑ふ幼子よすでにひとつの
運命《さだめ》を持ちて

「ちひろ」の絵見れば自分を指差す児カワイ
イネといふ言葉もそへて

「あめこんこん」と手を振り「アンブレラ」
とはしやぐマリ日本語英語父母より受けて

侍みて眠る

白き帽子被りてすがしき街をゆく歌会はて帰るバス乗り場まで（飯田歌会）

人にやや距離おく心いつの日に芽生えしならむわが来し方に

時すこし置かば見えくるものあらむおのが心を恃みて眠る

歌人の訃告ぐる夕刊を閉ぢて立つわれに今ある歌詠みゆかむ

父母《ちちはは》

受験の子を抱へ認知症の父を介護して仕事続けしかの日々忘れず

介護保険なかりし頃か八度の熱堪へて父を入浴させき

面差しも性格《さが》も変りし老い父に真向ひぬこころ冷やさぬやうに

五味先生の直し給ひし歌一首忘れがたかり父を思ふ歌

体育館より生徒らの声弾けくるこの裏通り野《の》草《ぐさ》咲く道

向うの丘の小さき教会いつの間にか森に埋もれて十字架のみ見ゆ

教会の白き十字架この窓に真向ふをいひて喜びし母

「山路越えて」歌へばうかぶ母の面輪その喜びもその悲しみも

襟合はせ帯揚げて着付け教へくれし母の手を思ふ和服着るたびに

鳥谷口古墳

草を焼くけむり懐かし藤ノ木古墳一めぐりして佇むときに

田の畦の小径を丘へと登りゆきて鳥谷口なる墳墓に見《まみ》えぬ

剝き出しの岩に囲はれし小さき洞謀反疑はれし皇子の墓といふ

二上山の頂きなるか鳥谷口の洞か大津皇子のみ墓は

飛鳥川の橋を渡りてゆるき登り祝戸の秋に今年も遇ひぬ

心しづめて

うまくゆかぬあれこれを胸にたたみ置く宥める
やうに破れぬやうに

その記憶にいかに残らむわれなるか心しづめ
てグラスを合はす

解放されし日々の続けよ咲く花を髪に微笑む
スーチーさんに

二〇一一年

まぼろしめきて

言ひそびれし幾つかのこと忙しなき心にあり
て年ゆかむとす

突然に中止となりし会一つ憶測がゆき交ふ携
帯メールに

踊りつつ鏡の中をよぎりゆくひとときわれの
まぼろしめきて

いまは何も心に入りくるもののなかれただ透明
にしばし在りたし

心急きて戻りし家にのびのびと振る舞ふ夫を
見れば和める
和服着て歩むすそ捌き快しかくして日本の女
なりわれは

精密機器加工

応募して来しは音なき世界に居て静かなる笑みを湛ふる一人

筆談の指示にも慣れしか旋盤工に本採用せむ意見出始む

音を聞きて機械の回転を図ること叶はねば振動に心澄ますと

決算を組めぬまで売上の落ちし去年ややうやく
今期は黒字もどりぬ

リーマン・ショック以来凍結せし昇給今期は
いかにと議論長引く

日本が開発せし加速器の報道を見よと誘ふ今
宵来し子は

その仕事の一端を担ひしといふ汝の秘めたる
小さき力を恃む

偲ぶ会

「雪が降るあなたは来ない」偲ぶ会に亡き友
の澄みし歌声を聴く

癌抑制の生化学に一生《ひとよ》を打ちこみて癌に斃れし友を悲しむ

涙して弔辞を読みたり君が教へし瀋陽大学の中国女性は

思ひ違へしこと詫びてをり人すくなき夜の車両に電話かかりて

こまごましき事の経緯のあらばあれただ単純
にゆきたしわれは
「強いわねママは」といひし一言《ひとこと》に子のうち
に在るわれを思へり
胸の奥にしみて涙の伝ふ日よひそやかにおの
が心きかまし

病む

わが脳の一点に小さく光りつつＭＲＩフィルムの指し示すもの

ざわめきて人ら行き交ふ外来棟に眼つむれば静かなるとき

鶴見川を津波の上る恐れありと院内放送あり
大き地震揺りて

病室に見舞ひに来たる幼児の弾けるやうないのち見て居る

朝に二錠夕べに一錠の薬飲みいのち穏しく保つわが日々

スポーツをまた始めよと医師の言ふダンスも
軽い山登りもと

起き抜けに体重測る緊張感すこし愉しむほど
に癒えたり

心晴れ背すぢ伸ばさむ診察室の扉を閉ぢてわ
が歩み出づ

元気会

病みて登れぬ幾月か過ぎいま友らに従ひてゆく秋田駒ケ岳

ゆるやかに起き伏す駒の背をつたひ流れてきたる霧に隠れつ

かく集ひ登りし山は百座越ゆいつか元気会と
われら名づけて

サビタの花ほろほろ咲ける山の湯のしろきに
こころ沈めてひとり

摘みし野の花帽子に挿して歩む路山くだる路
八月の路

資源何もなき国といはれ来れどもこの山川に
清き水湧く

骨組み

元安川を飛び立ちし鷺のくろき影原爆ドーム
の梁を歩める

原爆ドームの曝れし骨組み目交ひに原発の濡れし骨組みうかぶ

百日経し相馬漁港よ其処ここに漁船覆り道べに乾く

この空のどこまで津波は立ちたるか呑まれし港に黙し佇む

ボランティア支へむ募金を口々に呼ばふ学生ら福島駅前に

原発

核廃棄物処理して再利用する費用採算とれぬを黙し伝へざり

天然自然の営みに潰えし原発なり今こそ知らむわれらが不遜を

宇宙を汚し海を穢してこの小さき惑星を人は壊して止まず

脱原発選択したるイタリアがフランスの原発に頼れる矛盾

「トロイの木馬」

サイバー攻撃とセキュリティーソフトの鼬ごっこネットを跳ねる鼬よどこまで

表門より入りてインフラを破壊する「トロイの木馬」といふウイルスが

変りゆくイスラム諸国か民衆が若者が動かす
政治よ興れ
独裁政権やうやく倒ししに民族紛争宗教紛争
起こす人々

安曇野

かすかなるせせらぎのおと風のおと林をかよふ君が籠り処　（有明）

踏み石の小さき段《きだ》あり閉ざされし扉出で入る君のおもかげ

牛の背に自らの背に塩を負ひ険しき岨《そば》道《みち》を越えし牛方　（千国街道）

塩を背負ひて往きなづみ山路に斃れしかし古り
し石仏は木陰に藪に

魔女にならねど

家に過ごすこころ緩びに曇り日のベランダに
干す小布《こぬの》あれこれ

「アーユーハッピー?」幼ごに娘の囁く声が
電話に

「不安」といふ画題にひしやぐる時計描きし
中学生の娘よ何思ひ居し

現実に空想の混じる児のはなしその母と聞く
笑ひこぼれて

死といふことば初めて口にしたる児か見開く瞳にかげをあつめて

ふとドアの閉まる音してこの家にわれは独りと思ふたまゆら

部屋すみにそつと掛けおく操り人形老婆はつひに魔女にならねど

赤黒く月中天に欠くるとき一枚の葉書ポスト
に落す

あとがき

短歌という詩型に出合ってから、どのくらいの歳月が経ったのだろうと改めて考える。目白にある女子大学の最終学年で「アララギ」の五味保義先生から「作歌」という講座を受けることがなかったら、今このささやかな歌集を編むこともなかったであろう。

卒業後の数年は先生を囲む歌会が毎月開かれていて、就職したり、結婚したりして環境の変わったメンバーが十数人集まった。それは日常生活に翻弄され始めた新社会人が、いっとき学生に戻ることのできる貴重な時間でもあった。そして「ゆりの木」という小さな歌誌を年に一度、会員の作品の纏めとして発行していた。五味先生はご多忙のなか根気よく私たちを指導してくださったが、その頃から病の兆しを持たれていたと思う。

私が「アララギ」に入会したのは二十九歳（一九六六年）のときだった。三十歳を前にして、青春といわれる季節が終わるのを感じた。既に三人の子供の母親ではあったが、このままでは繰り返される日々に埋没して自分を見失ってしまいそうな寂しさを感じたのだ。しかし年を追って煩雑、多忙になる生活の中に結局私は五年ほどで短歌を手放してしまった。この時代に歌を作らなかった悔いは今にして大きい。

それから三十年の長いときを経て再び短歌に戻り得たのは偶然の出来事からである。やはり歌を辞めていた「ゆりの木」の頃の親しい友人が「最近作り始めた」という作品を送ってくれたのだ。のびのびとしたその作品群は新鮮で心を打たれた。そうだ、短歌があったのだ。いつの間にか次々に歌が出来始めた。二〇〇一年の十月、「新アララギ」に入会した。ニューヨークのツインタワービルが同時多発テロに崩壊した直後のことである。以来今日まで、結社の中で先生方や多くの友人に支えられ、短歌を作ることが出来る幸せを噛みしめている。また、入会して間もなく新アララギの公式サイトであるホームページに係わりを持った。インターネット上に投稿される短歌を介してホームページのスタッフと投稿者が互いに学び合うサイトである。ここで学び、本誌に入会してくる会員もあり、その人たちが結社の中で成長し、活躍してくれる姿を見るのはたのしい。

歌集『ハバナの夕日』には二〇〇二年から二〇一一年までの十年間の作品、六〇〇余首を収めた。この十年間の特に前半は、わが家にとっての大きな出来事、次女の結婚という大切な日々と重なった。二人の出会い、私たち夫婦と四人でのキューバへの旅、青年の母国であるイギリスでの結婚式など、ありのままに詠むことになった。歌集の表紙にした写真は、娘美和の夫となったポールがハバナのホテルから撮影した、まさに「ハバナの夕日」である。私たちにとって記念すべきその写真をもとに、二人はさまざまなアレンジを加えて味わいのある表紙として仕上げてくれた。こころからありがとうとお礼をいいたい。

歌集の後半の「寒き坂道」はこの集の底辺にずっと流れているわが家の仕事の歌を象徴的に表すものとなったようである。そしてここでは、共に仕事に携わりながら、私の歌作りを暖かく見守ってきてくれた夫邦夫を初め、長女亜紀夫婦、長男智夫に感謝の思いを伝えたいと思う。


読み返して歌の出来栄えに関しては何やら慙愧の思いしきりである。この歳月、起った出来事や心の動きを不器用に詠ってきたものだからと今更ながら観念するしかない。作歌することは常に迷いの連続である。この度の経験を経て少しでも前へと歩みを進めることが出来ればと自ら念じるばかりである。

お忙しい中で作品のすべてにお目を通され、ご助言を頂き、序歌を賜った雁部貞夫先生に心からのお礼を申し上げる。また、この歌集を編むに当たって、励まし、背を推して下さった現代短歌社の道具武志様、歌集を形にするまでのすべてのご指導を頂いた今泉洋子様に深く感謝を申し上げて小文を閉じる。

二〇一四年四月二十三日

大窪和子

著者略歴

大窪　和子（おおくぼ　かずこ）
1937年　横浜市に生れる
1959年　日本女子大学文学部国文学科卒業
1966年　「アララギ」に入会（５年ほどにて退会）
1997年　12年ほどの教職を経て、夫の経営する
　　　　㈱日本精測器製作所に役員として勤務
2001年　「新アララギ」に入会
2013年　編集委員

歌集 ハバナの夕日

平成26年８月６日　発行

著　者　大　窪　和　子
〒230-0077 神奈川県横浜市鶴見区東寺尾5-14-17
発行人　道　具　武　志
印　刷　㈱キャップス
発行所　**現代短歌社**

〒113-0033 東京都文京区本郷1-35-26
振替口座　00160-5-290969
電　　話　03（5804）7100

定価2500円（本体2315円＋税）
ISBN978-4-86534-036-5 C0092 ¥2315E